KB275210

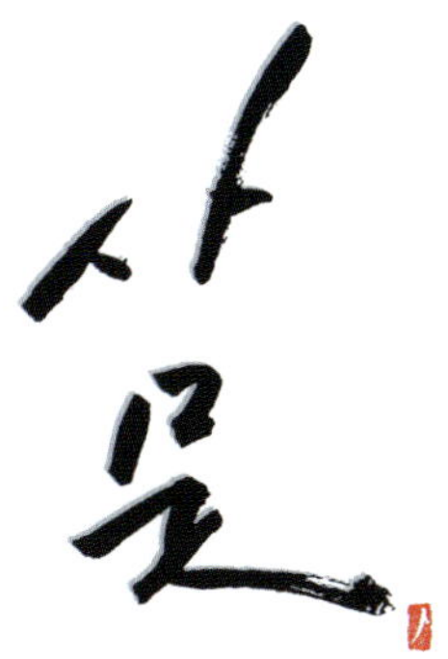

박지영 詩寫集

개미

　소천한 딸을 배웅하던 때와는 사뭇 많이 다릅니다. 근저에 생의 바른 질문에 대한 답은 오랫동안 속앓이 해오던 침묵의 사유가 원인이기도 합니다. 가끔 사무칠 때마다 대상을 향해 프레임을 드러냈습니다. 시와 사진의 풍광이 서로 이질감이 있으나 될 수 있으면 대화의 일관성을 원했습니다. 시종일관(始終一貫) 어제도 내일도 아닌 오늘이어서 그렇습니다. 사랑하는 사람들이 너무 많아서 감사하다는 말씀도 삿될까 염려되어 삼키고 가름합니다. 읽으시는 모두가 여여하시길 바랍니다.

2025년 가을날
斗心軒(두심헌) 朴志暎(박지영) 拜

차례

제1부

그해, 겨울

살던 터에 붉은 딱지가 붙고

아이 둘 데리고

스스로의 추억을 챙겨서

집을 나섰습니다

레드 클로버(Red Clover)

꽃말이 품은
이야기
사랑할수록
멀어지는
마음이 틔우는
여정의
슬픔

브라우니

기억해

달콤함에 젖으면
장대비를 맞으며
서 있는 것 같아

브라우니 향이
너를 깨우고
집안을 가득 채운
초콜릿 맛의
이끌림

손톱만큼 떼서 입안에
넣어 줄 때
황홀하게 찰랑거리던
아림이 눈망울

기억해

말년휴가

차가운 사무실 바닥 간이침대 하나 놓고도
살았다 그치, 돌이키면 미안하다 지금은
벌써 병장이 되었네

품 안 가득했던 그날, 엘리베이터에서
엄마 냄새를 맡으며 킁킁거리더니
다 컸는데 이 허전함

뭐지

호캉스

가끔, 휴가철이 되면 '적금 거지'라 놀림 받던 딸이
분위기 좋은 호텔을 잡습니다 남동생과 엄마를 위해
방을 잡고 야경에 치맥 주말을 즐기며
그마저도 행운처럼 서로의 눈길 속에 남기는
하루랍니다

소포

꼬릿한 사내아이
냄새 가득한
소포를 받았습니다
보낸 지
3주가 되었습니다

제육볶음

오랜만에 고기를 굽습니다

불고기를 좋아하는데
나도 모르게
제육을 골라버렸고
아이들은
고기 접시에 눈길이
머물고

그사이 장마가 들었습니다

서정이

아림이가 겪은 장애는
서정이를 향한
간절함이 되었고
발원은
친구를 얻었습니다

신정리

매년 가는 그 길이 내가 살아 있는 날까지라고
중얼거린다

심은 매화 넉넉하게 열리면
묵은 기억이 매달린 것처럼
반가웠고

자식을 가슴에 묻은 엄마는
돌아서면 강가에 돌탑을
쌓았다

오늘도 물수제비 뜰 생각도 없이
탑돌이만 하다 돌아왔다

꼬냑

몸은 무겁고 딱딱해진 근육 통증에
잠을 설칠 때
따끈한 커피에 꼬냑 한 방울
벼룩의 간만큼
큰 선물 하나가
꼬냑

1157
감악산로
Gamaksan-ro
1161

풀꽃야학

오늘 배우면
내일
잊어버리는데
어제는
눈덮인 세상이다

종목씨와
동우씨는
주 14시간을
야학 지킴이로
산다

배움

풀꽃야학 성인장애인 학습자 평균 연령 50
태어나 엄마에게 처음 편지를 쓰고
소라껍데기가 되어 들려주듯
마음의 소리를 듣는 오늘

제2부

통점

자궁이 묵직하다
별이 된 아이의
생일

아림아 하고 부르면 고춧대처럼
흔들리는 시계(視界)

오늘도 울먹이고
있다

유산

족저근막염에도 살아 있는 기억
눅진하게 지치도록 걷는다

아버지는 밤낮없이 집을 짓던
시간 속에 산다

얼마 되지 않아 작지만 가족의
발원처가 완성되었다

섬 1

칫, 어슴푸레한 원근에 속았네
누군들 스스로의 섬이 없겠어
엄마랑 싸우고 싶다 싸우다
배고파 음식 앞에 놓고
속없이 웃던 그날이고 싶다

송충이

슬퍼서 곡비라도 부르고 싶은 날

산책길 벤치에 도무지 앉지를 못하겠어
바람에 후드득 떨어져
느릿하게 걷고 있는
송충이 선사

비둘기 큰스님 피해 앉기가 쉽지 않아
몸을 부려 내려서는데

봐,
슬픔이 벌써 가라앉았어

추녀 허리

참아 온 울음 바람에 몸이 휘어
계룡의 산그늘 사이로 발목이
찰랑이는 물여울에 황홀한데

어쩌냐 엄마 기일은 다가오고

레드 벨벳(Red Velvet)

장맛비가 반갑다 시절 없이
웃는 나에게
물난리에 튄 흙 묻은 얼굴로
물끄러미 쳐다보네

길

백일홍 몸을 씻기는 비를
등지고 걷는다

바닷가 보도 위
틈새마다 제비꽃 허리춤을 내보이며

흘낏 눈길을 주는 개망초
다들 시선 위에

이야기 한 보따리
풀어 놓는다

바닥

목이 잠긴 강
자맥질하는
새들도
장마에
무사했다

간혹, 신산한
가슴을 풀어주던 눈길
깨금발로 서는 내
눈길을 붙잡는다

빗소리에 잠이 깨어

신안동 마당 앵두 떨어지는 소리에
잠이 깨었다 밖에는 장대비가 내리고
아이는 밤마다 경계근무를
서겠지 잠을 청하는데 잠이
달아났다

장애

차별, 별것 아니다

장애를 가진 당사자도
그 가족도
장애로 바라보는
차별의 관계성

사회적 함의를 위해
13년째 분투하고 있지만
차별, 그것은 진짜
별것 아니다

기억

스물일곱 나이에 남친도 없다는
작은 딸의 말에 나는 열일곱 살에
소천한 큰딸을 더듬고 있었다

저 황홀한 시절을 맛도 못 보고
가슴에 묻었던 딸을 떠올리며
목울대를 꾹꾹 눌러 참고
웃는다

간빙기

떠나간 이들을 잊지 못해
더디게 견디는
시간 사이에
녹지 않는
빙하와 빙하 사이
이야기
기후 변화는 없다

아이들

풀섶에 몸을 부린 풀씨 같아
잘 자라서 감사하고
오늘이 안전해서 나름
오체투지 감사하며
지속적으로
발원하는 엄마의
마음

하루하루가
모종을 심어 키우듯
간절한 마음을 덧대
깁고 산다

제3부

섬 2

원근이 사라진 바다에
다리 하나를 놓자

홍원항을 서성이는 새들
경매에 씁쓸한
표정의 사내들과
눈이 마주치자

무리 지어
노을 속으로
표표히
길을 나선다

천륜(天倫)

비방이라는 비방은 다 해봤는데

입을 꼭 다물고 힘을 주며
싫다고 하는
날 선 콧날을 꼭 잡고
약을 먹였지

짜증을 내던 네 입속으로
선물처럼 넣어 주는 달콤한
초콜릿 한 조각에
황홀해 하던
너

기억이 새로울수록 나도 모르게
주섬주섬 쓰디쓴 다크초콜릿을
씹고 있었다

개양귀비

달맞이꽃 뒤에 쑥부쟁이 그 뒤에
실루엣으로 네가 보일 때가 있어

너 떠난 자리에 남은
엄마의 속은
대나무 대공처럼
텅 비었고

60년마다 죽화(竹花)를
틔운다는데
그 청초함이라니

살아 있는 동안 꽃을 볼 수 있을까

장수하늘소

계룡산 매표소 앞 서어나무 물푸레나무 신갈나무
나무줄기 구멍 사이에서 누가 세 들어 사는지
궁금해서 들여다봤더니

그 굵은 나무속에서 장수하늘소 한 가족
살고 있었습니다

부레옥잠

누군들 삶이 순탄한 사람이 있을까마는
자식 가슴에 묻고 부레옥잠처럼 떠도는
세월의 소류지에서 그믐밤 달을
기다리며 살다가 꽃 한번 틔우고
적멸에 든다

담배 한 개비

아버지와 연을 끊고 산 지 몇 해 만이었다

마루에 걸터 앉아 질펀하게 우는데
나를 보며 물끄러미 건넨
아버지의 담배 한 개비

달맞이꽃처럼 달을 바라보며
사무치게 입김을 토해내면
그리워 꺽꺽대며 울 때가 있다
지금도

매화나무

비탈에 선 무덤 너무 애틋해서
내 새끼 무덤가에
매화나무

고사리 꺾을 무렵이면
한참을 더듬다 돌아서는데

뻐꾹새 목울대가
잠기는 것처럼
노을이 뜨겁고

그럴 때마다 용담댐 그늘이
짙어졌다

찔레꽃

창가에 얼비친 그림자 놀이
아림이니 하고 묻다가
나도 모르게 자다 깨어
밤새 속울음 참다가
기절한 적이 있다

알레르기

그리움은 알레르기다

둘째였지 입덧할 때 그렇게
복숭아가 당겼었는데
이제는 보거나 만지기만
해도 온몸이 가렵다

사랑은 화인처럼 자욱이 남거나
온몸이 달아오르며 가렵다

배웅*

꽃이 하나 지자 열매 하나가 맺힙니다

그대로 그렇게 봅시다 아무것도 필요 없어
현재 살고 있는 오늘을 얘기하면 돼
지나간 것은 사라지고 없어
이렇게 볼 수 있으니 좋잖아
오늘도 얼마나 좋아

반개한 눈과 쏟아지던 말씀이
발화되어 기억이 새롭습니다

---

*故 조영건 교수(84) : 경제학자. 경남대학교 명예교수. 노동시민사회장. 4.19혁명 산증인
이자 불굴의 민족민주전사로 불림. 양심수 구속노동자후원회장 저
자와는 외육촌 관계임.

도깨비시장

잠깐 머금은 비를 쏟고 가는 소낙비 바스러진
생의 이면에 운석이 부딪쳐 패인 자리처럼
새벽 도깨비시장을 엄마 따라 떠돌던
아기 도깨비가 앞을 지나갑니다

제철을 느끼도록 떨이 과일을 자루에 담아
철마다 감당 안 되는 가족의 허기를 메우던

엄마

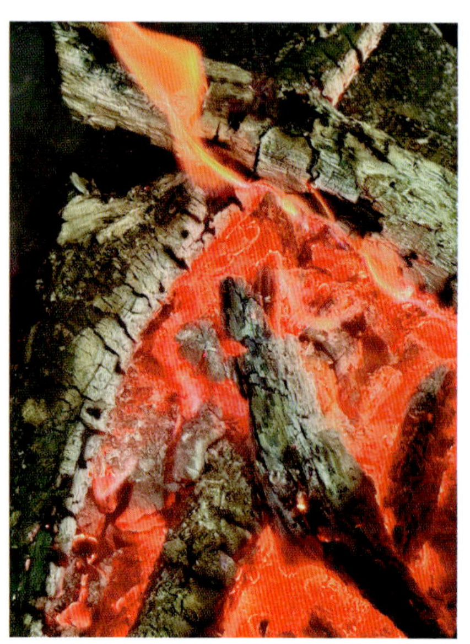

갑사

추갑사 달을 보러 갔더니 희미한
낮달이 배꼽처럼 돋아서

초파일 연등을 달기에
이승과 저승의 이야기를 되짚어
마음의 등을 달았습니다

제4부

새

가로등 병렬로 줄지어 선 새들을 보며 갑천에 이르니 아직 몸을 씻
는 애기 돌부처 무릎에 앉은 황새가 고개를 주억거리며 소리를 내는
데 그 소리 아득한 경문 한 소절 같네

사뭇

마음이 가는 곳에 진여가 있어 꽃다운 시절 장애를 가진 딸로
인하여 혜량할 수 없는 사랑을 배웠으니 떠난 사람들이 돌아와
무거운 짐을 내려놓는 곳을 소망하였다

대
Daede

아버지가 그곳에 계셨다

선몽처럼 찾아와 비빔밥과 된장찌개를 앞에 두고
입 짧은 내게 눈을 반짝거리며 "억수로 맛있는기라 한숟가락 먹어
보면 기가 막힌다카이" 하며 큰 눈이 더욱 커졌다

아직 신안동 텅 빈 그 집을 선몽 속에서 서성이고 계셨다

화상

뜨거운 마음에 데인 자국은 선명하다
발화점은 나였다
흔들리는 하루를 살 때마다
사금파리처럼 깊디 깊은
어둠 속으로 숨는
마지막 노을의 염화미소

질문

예지몽처럼 만난 경이니
인생
범문이 따로 없다

경을 읽다가 만난 것이
인연

참된 질문은 생각에서 비롯되고
바른 생각은 바른 견해가 되는 것이니

스스로의 내면의 중심에
동요함이 없으니
사무사(思無邪)

인연(因緣)

참으로 귀한
서로 기억되는 자리에
서 있다는 것

오늘도
안부를 묻습니다

잘 계시지요

만감

아들, 풀꽃야학 소풍을 가요
어머니의 굽은 등을 안으며
처음인 둘만의 여행이라서
믿기지 않는 이 시간

대못이 박힌 엄마 마음
다독일 줄 모르는 아들
슬며시 잡은 손아귀에
힘을 주면서

장애를 가진 아들은 앞만 보고 가고
어머니는 묵묵부답의 길을 걷습니다

외길

우리는 서로 등만 바라보는 외눈박이

샴쌍둥이처럼 등을 맞대고 걷다가
바다를 향해 섬이 된 듯
혼자 등대가 됩니다

마주 서 향하는 눈길로 있다가
어느덧 당신은
내 속에 들어와 앉습니다

여행

바다를
누군들 보고 싶지 않겠습니까
매일 다람쥐처럼 오가는
풀꽃야학

아들이 다니는 학교에서
엄마랑 같이 가는
이번 여행이

말년에
추억하나 늘었다고
맑갛게 웃습니다

당신이 머문 저녁

한권의 책이 상재되기까지
작년 겨울은 매일 분주했습니다
꽁꽁 언 손으로 받던 회한
감당할 수 없는 시간을 위해
서성이는 저녁
당신이 함께여서
행복했습니다

인연(因緣) 2

따듯한 어른이 되고 싶은
사람 유대웅 이해경 부부

허기진 청소년들을 위해
허기진 기억을 가진
어른들이 모여서

십시일반(十匙一飯) 옹기종기
〈하임청소년회복지원시설〉을
지키고 있는데

통점이 같은 이들은
따듯한 체온을 찾아
모여서 삽니다

평화

감사하게도 창가로 흐르는 아스라한
바람결이 슬며시 등을 토닥입니다

조금 전 뉴스를 통해 목도하던
우크라이나 전쟁의
참사 속에 아이들의 울음소리

몸이 움츠러드는데

불온한 어른들의 욕심이 빚은 부끄러움에
만감이 교차하는 오늘입니다

살아가는 동안에 지키고 싶은 약속을 위한
시간을 알기에 간절한 오늘의 기도는
평화

걷기

요즘은 아무리 바빠도 햇살 아래
걷고 또 걷습니다

저녁이면 바람의 온도에 취해
눈을 감고 그대로
길가 벤치에 앉아
시간을 누리기도
하고요

이제 되었습니다
말씀하세요

해설

김종회 문학평론가, 전 경희대 교수

고해무변(苦海無邊)의
세계와 인생무상의 각성

고해무변(苦海無邊)의 세계와 인생무상의 각성
— 박지영 시사집(詩寫集) 『사뭇』에 붙여

1. 박지영이 선택한 詩寫의 형용

박지영 시인이 다시 시사집(詩寫集)을 낸다. '사뭇'이라는 표제를 달았다. 부사로 쓰이는 이 말은 몇 가지 어의(語義)를 갖고 있다. 처음부터 끝까지 '줄곧'이라는 뜻이 있고, '아주·매우·퍽'과 같이 강조의 뜻이 있는가 하면, '딴판으로 완전히 달라졌다'는 뜻도 있다. 시인이 이 가운데 어느 뜻을 차용했는지 뚜렷한 구분은 없다. 그러나 짐작컨대 이 여러 의미를 두루 포괄적으로 사용하지 않았을까 싶다. 원래 시는 그런 것, 정답이 하나가 아닌 것이 아니던가. 그래서 시에 있어서의 애매모호성(Ambiguity)이나 시적 허용 또는 시적 일탈이 허용되는 것이리라. 이 말은 문어적(文語的)이고 다소 점잖은 어감을 지니며 정서적으로 미묘한 변화나 대비를 강조할 때 자주 쓰인다. 언필칭 박지영 시인의 인격적 품성을 상기시키는 어휘다.

이 시사집에는 4부에 걸쳐 모두 50편의 시가 수록되어 있다. 그런

데 그 사진에 결부된 시가, 이른바 디카시가 요구하는 '5행 이내'를 준수하지 않는다. 아마도 그와 같은 원칙과 규제가 이 시인에게는 답답한 멍에처럼 느껴졌을지도 모른다. 그 판단은 당연히 시인의 자유이며 존중받아야 할 창의성이기도 하다. 그렇게 쓰여진 시들은, 거의 전편이 시인의 감당하기 어려울 만큼 아픈 심경들을 담아내고 있다. '소천한 딸'을 배웅한 어머니의 마음을 어떻게 필설로 다 형용할 수 있겠는가. 그렇지만 이렇게 사진과 시로 표현하는 과정을 통해, 그 참담한 슬픔을 견딜 수 있지 않았을까. 그것이 문학이나 예술이 가진 치유의 힘이라 짐작할 따름이다.

2. 생의 근저에 숨은 상실의 동통

시인은 〈작가의 말〉에서 사랑하는 딸과 사별하고 하늘로 보내던 때와는 '사뭇' 많이 다르다고 썼다. 이는 시인이 그로부터 일정한 시간적 거리를 지나왔고, 또 스스로를 가늠할 수 있는 지경(地境)에 이르렀다는 언표(言表)와도 같다. 그래야 할 것이다. 그 참척(慘慽)의 동통(疼痛)이 아무리 극심했다 하더라도 산 사람은 살아야 하는 것이다. 그것이 먼저 떠난 아이가 바라는 바일 터이기에 그렇다. 이 시집 1부에 실려 있는 시들은 혹독한 형벌 같았던 상실의 아픔, 그 생의 근저(根★)를 보여주는 상징적 풍경, 그리고 가족사의 여러 기억이 연이어 있다. 「그해, 겨울」의 집 떠나기나 「소포」에서 군문(軍門)으로 간 아들의 옷을 소포로 받은 이야기가 그 사례들이다.

가끔, 휴가철이 되면 '적금 거지'라 놀림 받던 딸이
분위기 좋은 호텔을 잡습니다 남동생과 엄마를 위해
방을 잡고 야경에 치맥 주말을 즐기며
그마저도 행운처럼 서로의 눈길 속에 남기는
하루랍니다
　　―「호캉스」

　인용된 시의 제목 '호캉스'는 근자에 자주 들을 수 있는 신조어로, 현대 생활문화의 한 단면을 잘 보여주는 흥미로운 단어다. 정확하게는 호텔(Hotel)과 바캉스(Vacances)의 합성어다. 멀리 여행을 가지 않고 도심의 호텔에서 휴가를 보내는 일을 일컫는다. 그 어감은 시대의 흐름에 부합하는 트렌디하고 세련된 느낌을 준다. 사진이 어느 바닷가 어느 호텔인가를 굳이 확인할 필요는 없을 것이다. 다만 화려한 야경과 여유로움 가운데, '적금 거지'라 놀림 받던 딸이 남동생과 엄마를 위해 마련한 이벤트의 풍경이다. '치맥 주말'과 '행운처럼 서로의 눈길 속에 남기는 하루'이니, 읽는 이도 가슴 저 밑바닥이 저릴 만큼 곱고 아름다운 가족애의 현장이 아닐 수 없다.

매년 가는 그 길이 내가 살아 있는 날까지라고
중얼거린다

심은 매화 넉넉하게 열리면
묵은 기억이 매달린 것처럼
반가웠고

자식을 가슴에 묻은 엄마는
돌아서면 강가에 돌탑을
쌓았다

오늘도 물수제비 뜰 생각도 없이

탑돌이만 하다 돌아왔다

—「신정리」

가슴 아픈 시다. 어느 무딘 감각이 이 시 앞에서 숙연하지 않겠는가. '자식을 가슴에 묻은 엄마'는 그보다 더 슬플 일이 없다. 살아 있는 날까지 매년 찾아가리라 다짐하는 '신정리'는, 딸의 유혼(幽魂)을 두고 온 곳이리라. 거기 매화를 심었고, 강가에 돌탑을 쌓았다. 사진에서 보는 돌탑은 고요하고 정갈하다. 이렇게 쌓은 돌탑은 예로부터 생과 사의 경계를 잇는 매개물로 여겨졌다. 망자를 직접 보지 못하는 대신, 돌 하나하나에 마음을 담아 기억의 형상으로 쌓는 것이다. 이는 자연 속으로 돌아간 영혼을 위한 마지막 기도이기도 하다. 사정이 그러하니, 시적 화자는 '오늘도 물수제비 뜰 생각'을 못하고 '탑돌이'만 하다 돌아왔다. 더 이상 깊을 수 없는 기구(祈求)의 언어들이다.

3. 아프고도 슬픈 가족사의 질곡

이 시집의 2부에서 시인은 부모와 아이들을 포함한 가족 이야기를 풀어 놓는다. 이러한 경우의 정동적(情動的) 담화는 대개 아프고도 슬픈 모양이지만, 그 자체로 그립고 아쉬운 기억에 해당한다. 한 가족이 공유하며 반추하는 가족사는 곧 자신의 정체성을 확인하는 일과 다르지 않으며, 이를 시로 발화하는 글쓰기의 방식은 자기 서사(Self-narrative)의 핵심을 건드리는 행위가 된다. 이 가족사의 문학적 형상화

는 기억의 서사요 상징적 사물을 동원하며, 때로는 침묵의 미학으로 더 큰 울림을 주기도 한다. 「빗소리에 잠이 깨어」에서 밤마다 '경계근무'를 설 아이 걱정, 「기억」에서 '열일곱 살'에 먼저 간 딸에 대한 생각 등은 그 절실한 사례들이다.

참아 온 울음 바람에 몸이 휘어
계룡의 산그늘 사이로 발목이
찰랑이는 물여울에 황홀한데

어쩌냐 엄마 기일은 다가오고
　　　　　　　　　　—「추녀 허리」

사뭇 장엄해 보이는 '추녀 허리'다. 필시 어느 사찰의 한 건물 추녀일 텐데, 시 속의 정보로는 '계룡산 산그늘'밖에 찾을 수 없어 이 산에 소재한 어느 도량(道場)의 한 귀퉁이가 아닐까 한다. 이와 같은 추녀는

단순한 건축으로서의 요소를 넘어, 한국 불교가 간직한 조형적 상징
과 정신적 세계관을 표방하는 의미 깊은 경관이다. 저 단단한 기와와
목재의 추녀가 부드럽게 휘어진 곡선미를 자랑하는 것은, 그대로 하
나의 조형 예술이다. 시적 화자는 여전히 '참아 온 울음'의 소유자다.
이 사찰로 발걸음을 옮긴 그에게 '엄마 기일'이 다가오고 있다는 염려
가 함께 있다. 엄마를 이곳에 모셨을 수도 있겠다. 말 없는 풍경 속에
서 웅숭깊은 담론을 이끌어낸 시다.

　차별, 별것 아니다

　장애를 가진 당사자도
　그 가족도
　장애로 바라보는
　차별의 관계성

　사회적 함의를 위해
　13년째 분투하고 있지만
　차별, 그것은 진짜
　별것 아니다
　　―「장애」

　시인은 참 오랫동안 대전 지역을 중심으로 장애인들을 돌보는 데 헌
신했다. 〈장애인인식개선오늘〉이나 〈풀꽃야학〉은 박재홍 시인과 함께
이 시인이 애쓰고 수고한 나눔과 베풂의 자리다. 이와 관련된 교육은

'특별한 사람들을 위한' 것이 아니라, 인간의 존엄과 평등 그리고 함께 살아가는 사회의 본질을 묻는 질문이기도 하다. 이 제재(題材)가 문학적 글쓰기로 발현될 때는, 오히려 인간성의 깊이와 감수성의 원천을 그려낼 때가 많다. 시적 화자는 '차별, 별것 아니다'라고 단언하고, '차별의 관계성'에 대해 해명한다. 그 사회적 함의를 위해 '13년째 분투'를 이어온 경과와 더불어, '차별, 그것은 진짜 별것 아니다'라고 재차 언명한다. 그 상징의 외형적 모습으로, 새 한 마리 힘차게 날고 있다.

4. 탄식과 눈물로 쓴 화인 같은 시

시를 읽는다는 것은 독자가 시인의 내밀한 사유(思惟)를 전해 받는, 매우 긴밀한 관계를 형성하는 소통의 방식이다. 그러한 연유로 이 시집의 3부에 이르기까지, 내내 가슴 한편이 시리고 아팠다. 미상불 시인에게 따로 해줄 말이 없다. 그냥 함께 이해하고 아파해줄 뿐이다. 여기서 시인과 더불어 인식하기로는, 참사랑은 떠나지 않는다는 것이요 형태만 달라질 뿐 여전히 곁에 머물러 있다는 것이다. 다만 이 상황을 감각적으로 적확하게 설명하기가 어렵기 때문에, 이렇게 시가 있는 것이 아닐까. 「천륜」에서 해맑게 웃고 있는 아이의 어린 시절의 사진, 「매화나무」에서 '내 새끼'를 묻고 온 무덤가의 매화나무가 그와 같은 시적 언술의 이름이 아니겠는가.

> 달맞이꽃 뒤에 쑥부쟁이 그 뒤에
> 실루엣으로 네가 보일 때가 있어
>
> 너 떠난 자리에 남은
> 엄마의 속은
> 대나무 대공처럼
> 텅 비었고
>
> 60년마다 죽화(竹花)를
> 틔운다는데
> 그 청초함이라니
>
> 살아 있는 동안 꽃을 볼 수 있을까
> ─「개양귀비」

달맞이꽃과 쑥부쟁이가 병풍처럼 늘어선 그 뒤에 딱 한 송이 실루엣처럼, 그러나 자못 선명하게 '개양귀비'의 얼굴이 보인다. 시적 화자에게는 이 작고 붉은 꽃을 엄마를 떠나간 '너'로 보인다. 양귀비꽃의 한 종류로 때로 꽃양귀비 또는 패랭이양귀비라고도 불리며, 양귀비속 (Papaver) 가운데서도 비교적 온순하고 법적으로 재배 가능한 품종을 가리킨다. 꽃말을 찾아보니 망각과 위로, 희생과 추모, 덧없음과 열정 등의 뜻을 갖고 있어 이 시의 상황에 아주 잘 부합한다. 더구나 문학 작품 속에서는 잠시 피었다 사라지는 존재의 허무를 상징한다. 남은 엄마의 속은 '대나무 대공'처럼 텅 비었고, 살아 있는 동안 60년 주기 죽화(竹花)의 목도(目睹)에 대해 그 가능성을 묻고 있다.

그리움은 알레르기다

둘째였지 입덧할 때 그렇게

복숭아가 당겼었는데
이제는 보거나 만지기만
해도 온몸이 가렵다

사랑은 화인처럼 자욱이 남거나
온몸이 달아오르며 가렵다
　　　　　―「알레르기」

　가까이 보이는 바다에 포말이 일고 있다. 아무런 영상도 없는 그 자리에서 시인은 그리움이란 관념을 소환한다. 그 그리움이 알레르기의 반응으로 자신에게 밀려오는 형국이다. 이 알레르기는 신체의 생리적 반응을 넘어 '나'라는 존재가 세계에 대응하는 방식이며, 때로는 타자나 외적 상황과의 관계에서 거부의 형식으로 드러나는 표징이기도 하다. 화자는 둘째 입덧을 할 때 그렇게 복숭아가 당겼었는데, 이제는 보거나 만지기만 해도 온몸이 가렵다고 한다. 마침내 화자가 정의한 알레르기의 결어는 이렇다. "사랑은 화인(火印)처럼 자욱이 남거나 온몸이 달아오르며 가렵다." 결국 시인이 규명하고자 한 알레르기의 정체는, 사랑의 형상이었다.

5. 부세청연 선인선과의 맑은 길

뜬 세상, 부세(浮世)는 덧없고 잠시 머무는 세상 곧 무상(無常)한 인생을 말한다. 이 어휘에는 인연과 이별, 생멸이 끊임없이 이어지는 인생의 흐름에 대한 허무와 관조가 깔려 있다. 여기에 맑은 인연, 청연(淸緣)은 욕심이나 이해타산 없이 맺어진 순수한 관계를 뜻한다. 대체로 혈육이나 절친, 진정한 마음을 공유한 교유 등을 예거할 수 있다. 여기에 선인선과(善因善果)라는 불가(佛家)의 금언을 가져오면, 우리가 살아가야 할 길의 이정표를 보는 듯하다. 4부의 시 가운데서 이러한 삶의 가르침을 수용한 작품들을 여럿 볼 수 있다. 「질문」에서 '참된 질문'이나 '바른 견해'가 그렇고, 「여행」에서 풀꽃야학의 '아들이 다니는 학교에서 엄마랑 같이 가는 여행' 또한 그렇다.

선몽처럼 찾아와 비빔밥과 된장찌개를 앞에 두고

입 짧은 내게 눈을 반짝거리며 "억수로 맛있는기라 한술가락 먹어보면 기가 막힌다카이" 하며 큰 눈이 더욱 커졌다

아직 신안동 텅 빈 그 집을 선몽 속에서 서성이고 계셨다
　—「아버지가 그곳에 계셨다」

'선몽'처럼 찾아온 아버지다. 부모와 자식의 인연은 예고 없이 주어진 것이지만, 윤회전생의 이치에 비추어 보면 결코 우연한 일이 아니다. 아버지는 '나'의 근원이며 단지 생명을 준 관계를 넘어 나의 존재가 가능하게 한 원인이다. 불가에서는 카르마(業)의 유전(流轉) 속에서 맺어진 필연적 인연으로 해석한다. 현대철학에 이르면, 이를 '타자와의 근원적 관계'로 정의한다. 그런데 이 관계에 순방향의 결과만 있는 것이 아니다. '사랑과 고통의 공존'이라는 숙명적 굴레가 함께 한다. 인용된 시에서 내게 나타나 음식을 권유하는 아버지, 그 아버지는 아직 '신안동 텅 빈 그 집'을 꿈속에서 서성이고 있는 것이다. 아버지의 현몽(現夢)이 현실 속에서 실질적으로 기능하는, 시공을 넘어선 시적 형상력이 여기에 있다.

따듯한 어른이 되고 싶은
사람 유대웅 이해경 부부

허기진 청소년들을 위해
허기진 기억을 가진
어른들이 모여서

십시일반(十匙一飯) 옹기종기
〈하임청소년회복지원시설〉을
지키고 있는데

통점이 같은 이들은
따듯한 체온을 찾아
모여서 삽니다

부부의 인연이란 기실 여러 겹의 모형과 방향성을 가졌다. 존재론적 의미에서 '함께 있음'으로 완성되는 존재라고 한다면, 하이데거가 말한 공존(Being-with)의 가장 구체적인 형태다. 『법구경』에서는 "전생에 백번의 인연이 있어야 현생에 한 번의 스침이 있고, 천생의 인연이 있어야 부부가 된다"라고 했다.

물론 이렇게 귀하게 만났다가 각기 제 길로 갈 수밖에 없는 운명도 있다. 그러기에 인간사는 누구도 함부로 단정해서 결론지을 수 없는 것이다. 이 시의 화자는 유대웅·이해경 부부를 예거하며, 따뜻한 어른이 되고 싶은 사람이라고 했다. 통점(痛點)이 같은 이들의 모습을 한 쌍의 산비둘기에서 찾아낸 시인의 눈길은, 그야말로 그윽하고 온정적이다.

우리는 이제까지 박지영의 시사집 『사뭇』에 실린 시와 사진 50편을 정성 들여 살펴보았다. 그 후감을 한 줄로 요약하면 고해무변(苦海無邊)의 세상에서 인생무상(人生無常)에 대한 각성이라 해야 할 것 같다. 그래서 필자는 이를 이 글의 제목으로 삼았다. 이 철학적 개념들은 동양적 인생관의 정수(精髓)를 담고 있으며, 인간이라는 개체의 근본적 한계를 깨닫게 한다. 다시 『법구경』이 "고해는 끝이 없으나 돌이켜 보면 피안(彼岸)이 있다"라고 한 것은, 인생무상에 대한 깨달음의 단계를 넘어서서 새로운 기력과 의지를 섭생하는 삶을 말한다.

이 시집을 통해 우리가 공유한 박지영 시인의 그 아프고 슬픈 이야기들은, 이제 그의 문학에 새로운 자양분이 되고 그 앞날에 새로운 신

호등이 될 것으로 믿어 마지않는다. 독자의 한 사람으로서 그 장도(壯途)에 따뜻한 위로와 격려의 말씀을 드리는 것으로 이 글을 마감하려한다.

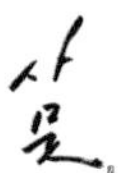

1쇄 발행일 | 2025년 11월 15일

지은이 | 박지영
펴낸이 | 정화숙
펴낸곳 | 개미

출판등록 | 제313 – 2001 – 61호 1992. 2. 18
주소 | (04175) 서울시 마포구 마포대로 12, B-103호(마포동. 한신빌딩)
전화 | (02)704 – 2546
팩스 | (02)714 – 2365
E-mail | lily12140@hanmail.net

ⓒ 박지영. 2025
ISBN 979 – 11 – 993786 – 5 – 0 03810

값 14,500원

잘못된 책은 바꾸어 드립니다.
무단 전재 및 복제를 금합니다.

*이 책은 한국예술인복지재단의 2025년 예술활동준비금을 지원받아 제작되었습니다.